La Passoire

Pepita Carles

La Passoire
Textes que ma tête ne peut pas contenir

Recueil de nouvelles

© Pepita Carles, 2025

Corrections : Béatrice, Jérôme et Rose Carles-Herczog
Relecture : Pierre et Hélène Herczog
Photographie de couverture : Jérôme Carles

Édition : BoD · Books on Demand, 31 avenue Saint-Rémy, 57600 Forbach, bod@bod.fr
Impression : Libri Plureos GmbH, Friedensallee 273, 22763 Hamburg (Allemagne)
Dépôt légal : Février 2025

ISBN : 978-2-3225-5943-5

Le Code de la propriété intellectuelle et artistique n'autorisant, aux termes des alinéas 2 et 3 de l'article L.122-5, d'une part, que les « copies ou reproductions strictement réservées à l'usage privé du copiste et non destinées à une utilisation collective » et, d'autre part, que les analyses et les courtes citations dans un but d'exemple et d'illustration, « toute représentation ou reproduction intégrale, ou partielle, faite sans le consentement de l'auteur ou de ses ayants droit ou ayants cause, est illicite » (alinéa 1er de l'article L. 122-4). Cette représentation ou reproduction, par quelque procédé que ce soit, constituerait donc une contrefaçon sanctionnée par les articles L. 335-2 et suivants du Code de la propriété intellectuelle.

Pour Papy
Pour vous

Bande originale du film dans ma tête

En espérant te recroiser un jour – *I'll Be Waiting, Lenny Kravitz*

Les choses qui ne se disent pas – *Fake Plastic Trees, Radiohead*

La Juliette du bar d'en face – *Ouverture, Étienne Daho*

L'effet miroir – *Sittin' on The Dock Of The Bay, Otis Redding*

Ce que la sagesse nous enseigne – *Drivers License, Olivia Rodrigo*

Il y a des jours comme ça – *Your Song, Elton John*

Tout bouge un jour (mais pas aujourd'hui) – *I Still Haven't Found What I'm Looking For, U2*

Sois humble et tais-toi – *Débranche, France Gall*

Les Silencieux – *A Lovely Night, Justin Hurwitz, B.O. de « La La Land » de Damien Chazelle*

La sua delicatezza – *La Valse à Mille Temps, Jacques Brel*

Là où se touchent les mondes – *Where Is My Mind ? Pixies*

« Je peux dire ce que je veux,
je ne trouverai jamais pourquoi on écrit et
comment on n'écrit pas »

Marguerite Duras, <u>Écrire</u>

« Il y a deux réponses à cette question,
comme à toutes les questions :
celle du poète et celle du savant.
Laquelle veux-tu en premier ? »

Pierre Bottero, <u>Ellana</u>

PARTIE I

*Des bigorneaux, l'ombre d'un baobab.
Deux ou trois verres de vin, des tasses de café,
aussi.
Une robe de mariée.
Histoires d'amour.
Histoires de vies.*

En espérant te recroiser un jour

Je t'écris pour me taire, je brave tout. Je n'ai pas peur. Je t'écris une dernière fois, et si tu ne réponds pas je m'en irai. Loin. Je suis assis sur notre plage, les pieds enfoncés dans le sable comme tu aimes le faire (je peux entendre d'ici ton soupir de bonheur et de lassitude mêlés). Je déteste ça, c'est froid et ça gratte, mais ça me rappelle toi. Je reviendrai ici à chaque fois que tu me manqueras. Les bigorneaux sortent leurs têtes de leurs coquilles comme pour me saluer. Eux ont le droit de me voir.

C'est ce soir que la tempête arrive, pas besoin de Madame Météo pour le savoir, les vagues sont déchaînées. Je ne les vois pas, j'ai les yeux rivés sur mes souvenirs craquelés. J'ai pensé à lire, tu vois, comme tu me l'as conseillé. Le vent tourne les pages du roman que j'ai abandonné à côté de moi. Tu haïrais les grains de sable piégés dans la reliure.

Un homme en ciré jaune passe devant moi. Un peu le même ciré que toi. Qu'est-ce que je raconte ? Ton ciré n'est pas jaune… Naturellement, puisque tu n'as pas de ciré. Je ris seul.

Je vais te laisser (encore), la pluie n'est pas loin. J'abandonne le livre là, peut-être que tu le trouveras si tu reviens ici un jour.

Je t'embrasse.

A.

P.-S. : ne me réponds pas, ce n'est pas la peine.

Pieds nus dans l'herbe humide, attraper la rampe jusqu'à la fontaine, se hisser sur le rebord et glousser comme des gosses. Je suis sûr que c'est ce souvenir que tu as eu en tête. En général c'est à ce moment-là que tu glissais et que tu tombais dans l'eau.

Si seulement on s'en était rendu compte plus tôt. Mais c'est trop tard maintenant, je suis engagé et tu le sais. Une partie de moi voudrait que tu la rencontres, mais je sais que tu n'accepteras jamais. Et j'ai promis de ne plus penser à toi.

En espérant te recroiser un jour,

L.

Les choses qui ne se disent pas

Essien est réveillé comme tous les jours par les cris des enfants devant sa case. Il ouvre les yeux et fixe le plafond un long moment. Il espère toujours au fond de lui que sa famille oubliera son existence s'il reste assez silencieux.

– Essien ! Dépêche-toi, on est samedi !

Le jeune homme pousse un soupir très exagéré et s'étire le plus longuement possible. Estimant qu'il a assez contrarié ses parents, il se prépare en vitesse et sort de la case sous le soleil brûlant de la mi-journée malienne.

Il rattrape en quelques pas de ses longues jambes le groupe de villageois en marche. Sa mère le toise du coin de l'œil, il préfère feindre de pas l'avoir remarqué, après tout elle a l'habitude : c'est le même jeu répété inlassablement tous les samedis. Essien rassure sa conscience en se disant que c'est d'une cruauté maternelle infinie d'infliger une réunion de village à son adolescent. Encore plus un village comme le sien, perdu au milieu de rien, sans aucun voisin. La mère ne cesse de répéter que c'est un petit paradis, qu'ici au moins elle n'a pas à partager le père d'Essien avec d'autres femmes, et le garçon lève généralement les yeux au ciel, parce qu'il n'a que faire de ces histoires d'adultes.

Le soleil est haut dans le ciel, frappe violemment les têtes nues. Les ramures du baobab se découpent sur la toile d'un bleu uniforme, sans aucun nuage à l'horizon. Les plus petits courent vers l'arbre sacré pour profiter de son ombre généreuse, les anciens les surveillent d'un œil que l'on devine un tantinet nostalgique. Le groupe s'installe autour du baobab, à même le sol. Les femmes ont revêtu leurs plus belles robes, ont paré leurs cheveux des plus beaux tissus. Les hommes ont passé leur chemise préférée. Vu du ciel, ce doit être un joli ballet de couleurs, songe Essien. Lui, il porte un t-shirt blanc comme tous les jours. De toute façon, Inaya ne le regardera pas.

La doyenne du village, Nasha, entreprend de conter quelques légendes traditionnelles qui se transmettent de bouche-à-oreille et qui ravissent les enfants. Sous la chaleur et l'effet de la digestion, ils ne tardent pas à sombrer dans un sommeil bienheureux.

C'est là que les discussions sérieuses commencent. Sous l'égide de l'arbre de vie, chacun expose ses soucis à Nasha et ses disciples, qui prodiguent des conseils aussi précieux que poussiéreux. Cela a beau être une tradition datant de plusieurs siècles, c'est le moment le plus pénible pour Essien. Le ton monte, on rit, on sèche des larmes, on se comprend et on est soudés, ce qui a le don d'agacer la solitude tant aimée du garçon. Le jeune homme regarde. Il attend. Son père lui jette un coup d'œil, est pris d'une pitié soudaine et lui désigne discrètement leur case. Mais Essien ne veut pas rentrer, pas avant sa partie préférée, la seule qu'il affectionne dans ces réunions à rallonge. Enfin, après un moment qui lui semble interminable, les adultes ramènent les petits au village. Ne restent que les adolescents, une dizaine, réunis en cercle. Essien s'assied un peu à l'écart, il ne sait jamais où se mettre. En plus, de là où il est, perché sur une racine proéminente, il peut observer à loisir la douce Inaya et ses tresses de mille couleurs.

Les jeunes gens se mettent aussitôt à discourir. Ils se tournent vers le plus vieux, en âge de voyager, qui colporte foule d'histoires captivantes sur des villes aux noms exotiques. Essien soupçonne son ami d'inventer une grande partie de ces aventures pour amuser la galerie, mais cela ne l'empêche pas de puiser tout son plaisir dans ces délicieux ragots, bien qu'il n'ait jamais eu l'opportunité de donner son avis sur quoi que ce soit. Il laisse faire les autres, avec peut-être une boule dans la gorge, formée des mots qu'il ne peut pas prononcer.

Bien plus tard dans l'après-midi, les adolescents retournent lentement au village. Peut-être est-ce à cause de la chaleur écrasante, ou bien de la beauté tout aussi écrasante d'Inaya, que, pour la toute première fois, Essien a envie de rester sous l'arbre à palabres. Il laisse les autres s'éloigner, et profite de sa solitude. Il écoute les craquements du baobab, essaie de comprendre ses mots, en vain. Il n'a pas vu Nasha, qui le considère avec un léger sourire sur sa bouche craquelée. La vieille femme connaît par cœur la mélancolie dans laquelle est plongé le garçon.

– Je peux m'asseoir ?

Essien sursaute. Il retient un soupir d'agacement en apercevant la petite femme, il peut dire au revoir à sa tranquillité. Sans attendre sa réponse, Nasha prend place à ses côtés. Ils contemplent silencieusement les branches du baobab qui prodiguent l'ombre sainte. Deux silhouettes tassées, l'une par l'âge l'autre par la flemme.

– Les anciens sont persuadés qu'elles regorgent d'esprits en tous genres, tu savais ? déclare la doyenne sans préambule.

Essien acquiesce, bien qu'il n'ait jamais entendu cette histoire auparavant. Il a peur qu'elle se mette à lui parler des heures durant. Elle est gentille, Nasha, mais pas franchement captivante. Cependant, quand elle reprend la parole, elle parvient à retenir son attention :

– J'avais rencontré un shaman, il y a longtemps, qui disait que les arbres à palabres sont les réincarnations des personnes muettes. Il pensait que ceux qui se taisent sont plus aptes à écouter. Je n'y croyais pas avant de te rencontrer. Quand tu étais petit, tu venais toujours ici. Tu dois avoir un lien particulier avec ce baobab.

Et, les yeux brillants de malice, la vieille femme ajoute en se levant :

– Toi aussi un jour tu deviendras un arbre à

palabres. Tu apprendras des enfants qui viendront jouer parmi tes racines et tu seras plus sage que tous les bavards.

La Juliette du bar d'en face

Elle fait tourner la clé trois fois dans la serrure, « on ne sait jamais », comme elle dit toujours à sa mère, qui s'amuse de sa prudence excessive. Dehors, le soleil a déjà commencé à décliner, au vu des rayons dorés qui grignotent le carrelage de la salle d'attente. Elle soupire de soulagement à l'idée que, cette fois, elle ne conduira pas de nuit. Son dernier patient a annulé la consultation il y a à peine dix minutes mais elle ne va pas s'en plaindre, nombreux sont ceux qui ne prennent même pas la peine de téléphoner. Et puis ça l'a fait sourire, le motif : son jeune patient vient d'obtenir un diplôme « contre toute attente », et il tient à le célébrer dignement. Jamais elle n'aurait annulé un rendez-vous médical pour une fête, mais au moins il est honnête.

Elle s'aperçoit soudain qu'elle court vers sa voiture, la brise lui pique les joues et l'oblige à ralentir. Il faut dire que cela doit faire des mois qu'elle n'a pas fini sa journée si tôt. À peine a-t-elle mis le contact que la radio vomit un mauvais rap en flots assourdissants. Elle esquisse un geste pour l'éteindre, et puis se ravise. Pour elle aussi, après tout, c'est la fête ce soir.

Elle s'étudie dans la glace, essaie de déterminer quelle couleur de fard à paupière irait le mieux avec sa robe, et opte pour le « gris ciel nuageux » même si elle n'est pas totalement satisfaite. De toute façon elle se sent déjà trop vieille pour sortir. Tout en glissant des plaquettes de cachets dans son sac à main (réflexe de médecin), elle se demande ce que c'est trop vieille pour sortir. Elle convient avec un sourire que c'est une construction sociale, et rajoute une couche de rouge-à-lèvres-effet-pulpant devant le miroir de l'entrée.

Une fois dans la rue, ses pas la mènent tout naturellement vers la place du marché, où deux bars qui rivalisent quotidiennement de lumières et de musique se font face. C'est une tradition qui a la dent dure : chaque habitant de la ville a choisi son camp, et n'en changera jamais. Elle aime bien venir ici, elle a l'impression d'appartenir à une communauté en se mélangeant aux habitués. Elle aussi a son bar chouchou, auquel elle n'a jamais fait d'infidélités, en quinze ans de loyaux services.

Les talons de ses bottines claquent sur le sol tandis qu'elle approche de la place. Elle adore ce bruit sec, elle a l'impression d'être une grande dame. Elle prend la dernière intersection et... Et le bar, son bar, n'est plus. Ou plutôt : ses chaises sont empilées devant les volets roulants rabattus jusqu'au sol. Seuls un sac plastique et quelques feuilles mortes volettent sur le goudron. Elle reste un instant abasourdie, s'approche tout de même afin de déchiffrer le petit mot scotché sur la ferraille. « En congé », annonce-t-il sobrement, comme si cela ne risquait pas de déclencher une guerre civile. Elle s'apprête à rebrousser chemin quand la musique d'en face retient son attention. Non, elle ne peut pas... Ce serait trahir sa deuxième famille... Elle se sent telle Juliette se rendant clandestinement chez les Montaigu. Mais elle a terriblement envie de cette soirée, pour une fois qu'elle en a le temps... La voilà donc, silhouette solitaire, rassembler son courage et se diriger vers le bar « Le Hasard ».

Elle doit bien reconnaître que l'ambiance à l'intérieur n'est guère différente de celle de son bar habituel. Les gens s'y bousculent avec la même maladresse, s'enivrent avec le même enthousiasme et discourent avec le même accent. Elle se fraie un passage jusqu'au comptoir, commande un verre de vin rouge, qu'elle boit lentement, en observant les nouveaux visages à travers le ballon. Peu à peu, ses muscles se détendent, elle se laisse aller à l'inconnu pas si étranger qu'est ce lieu grouillant de vie. La musique, sans surprise, est trop forte, mais elle aime, comme dans sa voiture. Elle balance nonchalamment ses pieds sous le tabouret. Elle n'ose pas vraiment bouger, alors elle demande un autre verre, et le déguste avec la même lenteur engourdie que le premier, en murmurant les paroles de la chanson ringarde qui est diffusée. Au troisième verre, elle renverse un peu de vin sur sa robe, rouspète et se met en quête des toilettes. Elle songe à cette scène du « Fabuleux destin d'Amélie Poulain », et répète pour elle-même « Vingte-sur-vingt ! », ce qui au moins la fait sourire. Elle sait bien qu'aucun homme ne l'attend là-bas. En effet, les sanitaires n'ont rien de romantique et elle se dépêche d'éponger la tâche. C'est en sortant qu'elle le voit.

Il détonne comme un silence au milieu des rires qui fusent de toutes parts. Il est grand, ou peut-être est-il petit, elle ne sait pas, ça lui est égal, elle ne le voit pas, elle ne voit rien d'autre. Il a le visage des hommes timides, ce visage fermé mais ouvert pour ceux qui savent le lire. Elle le lit d'emblée mieux que personne. Elle avance vers lui, elle ne sait pas ce qu'elle va faire, elle ne sait plus rien, elle n'a jamais rien su de rien, son cœur bat dans ses tempes et ses mains tremblent, elle a l'impression d'avoir seize ans. Oui, mais seize ans passés sans lui, et il est temps de le rencontrer.

Elle rompt des groupes, marche droit, elle s'en félicite d'ailleurs, après trois verres. Elle n'a que faire de séparer des discussions, dans tous les cas personne ne s'entend. On dirait qu'il l'attend, planté au milieu des autres, qu'il l'a attendue toute sa vie, qu'il l'attendra encore, pendant le temps infini que dure son pèlerinage jusqu'à lui. Et puis elle y arrive.

– Bonsoir, dit-elle finalement.

Et ce mot si simple, ce mot de tous les jours, lui semble en cet instant le plus beau de la langue française. Entre les rais de lumière, elle peut voir qu'il lui sourit.

Comme accordés par des forces qui les dépassent, ils se tournent en un mouvement vers l'une des rares tables encore inoccupées. Elle ne sait pas si elle doit parler ou se taire, elle sait juste que ce moment est particulier, de ceux qu'elle n'oubliera pas.

Elle le détaille pendant qu'il passe sa commande. Et puisqu'il semble disposé à lancer la conversation, elle le laisse parler de lui, un peu, beaucoup, à la folie. Il lui raconte confusément, comme s'il voulait rattraper le temps perdu, toutes ces années où ils ne se sont pas connus. Elle, elle le regarde et sent une étrange douceur se poser en un châle rassurant sur ses épaules. Parfois seulement elle lui pose des questions. Une seule, en réalité, l'obsède :

– Et ce soir, qu'est-ce que tu fais là ?

Elle a peur de la réponse, elle a peur des mots qui blessent, des mots comme « j'attends ma fiancée », « elle est toujours en retard », des mots qui trahiraient un quotidien à deux mais pas avec elle, des mots qui laisseraient entendre qu'il n'est pas l'homme de sa vie. Mais non. La réponse du bel inconnu, voyez-vous, je vous la donne car vous m'êtes sympathique. Vous conviendrez alors, tout comme moi, que le bar du Hasard porte bien son nom :

– Un de mes amis vient d'obtenir son diplôme, il a séché un rendez-vous médical pour le fêter. Je me suis enfui, je m'ennuyais.

L'effet miroir

L'automne naissant jette des éguilles de pin contre le carreau. Le café brûle les papilles d'Agnès. Certains diront que c'est inhumain, elle c'est comme ça qu'elle le préfère. À chaud. Directement sorti des entrailles de la machine crachotante. Agnès le déguste devant la fenêtre du salon, les yeux rivés aux va-et-vient des passants dans la rue. Puis, ce rituel terminé, elle dépose la tasse dans l'évier, où s'empilent déjà les cadavres des anciens cafés. Elle va bientôt manquer de contenants, il va falloir faire la vaisselle. Pour fuir la corvée, ou peut-être un peu machinalement, elle enfile son manteau par-dessus sa robe en laine – pleine de trous car tricotée par ses soins – et saisit le carnet rose posé dans l'entrée. C'est un tout petit carnet aux bords cornés, aux pages pliées et déchirées, arrachées par l'inspiration qui ne veut pas se montrer. Agnès le serre entre ses maigres doigts. Elle ne croit pas en l'inspiration : il faut la provoquer.

Elle ouvre la porte, hésite devant le paillasson, cherche ses clés dans ses poches. Pas moyen de mettre la main dessus. Tant pis. Elle claque la porte de son appartement, de toute façon il n'y a rien à voler ici. Amusée par l'idée qui germe dans son esprit, elle allège son carnet d'une feuille, cherche son stylo dans son sac. Elle griffonne quelques mots, appuyée contre le panneau de bois, puis suspend le message à la porte à l'aide d'un morceau de ruban adhésif (Agnès a tout dans son sac, sauf ses clés). Satisfaite, elle descend l'escalier en souriant.

« Voleurs, merci de faire la vaisselle ».

La place est à cette heure-ci colonisée par une horde de gamins qui s'agite autour de la fontaine. Fontaine bénie, fontaine bienheureuse, dans laquelle les touristes des quatre coins du monde viennent jeter des centimes supposés leur attirer la bonne fortune. Comme si la bonne fortune en avait besoin, sérieusement, de ces centimes. Quoi qu'il en soit, ils sont aussitôt ramassés par les petites mains avides. Agnès déteste les enfants.

Elle ne voit pas l'utilité de ces humains raccourcis qui coûtent cher à leurs parents. Pourtant elle adore les représenter dans ses romans. Elle vient, s'installe du mieux qu'elle peut sur le même banc, toujours là après tant d'années. Et elle observe. La place qui l'a accueillie, protégée, réconfortée. La place inchangée, mise en valeur par les successives lumières du jour et de la nuit. La place tellement symétrique qu'Agnès se demande si son architecte n'était pas un peu psychorigide. Elle est là, elle observe et elle note. Elle note chaque détail, chaque rire, chaque frissonnement imperceptible de la nature humaine. Sa place lui réserve tous les jours de nouveaux visages. Ainsi, au fil de ses observations, elle brosse le portrait des personnages de ses histoires. Elle se sent artiste, mélangeant mimiques et timbres de voix avec la dextérité d'un peintre. Aujourd'hui il y a plus de pigeons que d'habitude. En déplaçant son regard, Agnès en trouve rapidement la cause : une vieille femme émiette un reste de sandwich. L'écrivaine met un nouveau coup de pinceau à la toile de ses inspirations, puis repart en observation.

Un jeune homme vient d'arriver. Il s'assied sur le banc en face d'elle, de l'autre côté de la fontaine.

Agnès le dévisage Elle ne sait pas vraiment pourquoi, mais elle a le sentiment de l'avoir déjà vu. De le connaître. Elle lui sourit timidement, il ne la voit pas, elle ravale son sourire en espérant que personne n'ait assisté à ce moment embarrassant.

Le soleil commence à descendre, inondant les façades d'or. L'écrivaine se délecte de la lumière, esquisse quelques mots pour tenter de la retranscrire, mais c'est si beau qu'elle y parvient à peine. Tiens, le jeune homme a sorti un grand cahier. Elle aiguise son regard, serre le stylo à s'en faire blanchir les phalanges. Enfin un personnage un peu intéressant. Après quelques minutes d'intense écriture, Agnès commence à frissonner sous les caresses de la brise qui s'est levée. Elle quitte son banc.

Le printemps darde ses rayons jaunes par la fenêtre et inonde le tapis. Le café brûle les papilles d'Agnès. Elle le déguste sur le pas de la porte, un peu précipitamment. Tant pis si à son retour elle devra s'occuper de la vaisselle. Aujourd'hui, elle n'ira pas à la place. Aujourd'hui elle a décidé de bouger. Agnès monte dans sa voiture qu'elle n'est plus très sûre de savoir démarrer. Elle ne conduit presque plus, puisque tout ce dont elle a besoin (la boulangerie pour son croissant du dimanche, et bien sûr la médiathèque) se trouve à quelques pas de chez elle. Mais ce matin, cette envie de mouvement qu'elle croyait disparue en même temps que sa jeunesse la reprend. Et elle lui obéit.

Elle roule jusqu'à la ville voisine, se gare à cheval sur le trottoir et insulte les passant qui râlent. Ils râlent ces inconscients, alors qu'elle a le pouvoir de faire d'eux des personnages affreux en deux ou trois mots ! Elle ricane en poussant la porte de la librairie. Ah ! L'odeur des livres neufs... Agnès se dirige vers la table des nouveautés. Elle dédaigne les « best-sellers » qui n'ont jamais voulu d'elle, se tourne vers les écrivains plus modestes. Un des ouvrages attire son attention. Elle lit les premières phrases du résumé. « Lucile vient tous les jours s'asseoir sur le même banc de la place de son village. Là, elle consigne tout ce qu'elle voit dans un petit carnet rose... ».

Ce que la sagesse nous enseigne

Nous venions à peine de nous rencontrer, et pourtant je le sentais déjà. Je ne sais pas si tu l'as su, toi aussi, immédiatement, juste en croisant mon regard. Que nous étions attirées par les mêmes choses, que nous avions les mêmes goûts, les mêmes passe-temps. Ça aurait pu être une histoire d'amour. En fait, c'était bien plus que ça.

Tu es entrée dans le café, en te prenant les pieds dans le paillasson, bien sûr. Tu as eu ce petit rire un peu niais que tu détestes et que j'adore, tu as souri poliment au bonhomme qui voulait te payer à boire et tu t'es dirigée, seule, vers le comptoir. Au milieu des raclements de chaise et des discussions, j'étais bien, assise avec Greg dans un coin de la salle.

– C'est elle, a-t-il sobrement annoncé en te désignant.

Et en effet, c'était toi, qui arrivais d'un pas joyeux vers nous, et tu étais tout sauf sobre. Tu étais l'inconstance même, les couleurs vives sur les catalogues des vendeurs de peinture, ces couleurs si folles que personne n'en veut. Tu as tiré une chaise, t'es assise à côté de moi. Ton parfum musqué m'a fait tourner la tête. Déjà, tu vois, je ne voyais plus que toi.

– Salut moi c'est Sophia, tu as lancé.
– Luna, enchantée. Je suis une amie de Greg.

Nous nous sommes revues quelques fois ce mois-ci, je me souviens particulièrement d'un pique-nique avec Greg. Nous étions tous les trois, et vous vous disputiez, comme cela vous arrivait souvent. Je me surprenais à imaginer votre séparation et je m'en voulais d'y trouver une satisfaction. Cruelle demoiselle, tu avais ce sourire énigmatique accroché au coin des lèvres quand nos yeux se croisaient, et tu observais avec un intérêt sadique le désarroi que tu provoquais chez moi.

Je ne savais rien de toi, ni d'où tu venais ni où tu comptais aller. Je ne savais que ce que j'apprenais en te côtoyant, que tu aimais les fraises trempées dans le chocolat et les films d'Hitchcock, tout comme moi. Je savais que tu n'avais eu que des hommes dans ta vie, et c'était peut-être notre seule différence.

À chacune de nos rencontres, j'étais témoin de ton instabilité grandissante. Tu passais du rire aux larmes sans cesse, et tu étais emplie de rêves et de projets… qui semblaient incompatibles avec le faire-part que j'ai reçu des mois plus tard : « Sophia et Grégoire ont l'immense plaisir de t'inviter à célébrer leur union le dix août prochain ». Pincement au cœur. Je me suis dit que Greg allait te faire du mal, à toi aussi. J'avais l'impression qu'il se mariait tous les ans. Pourtant je suis venue.

Tu étais plantée au milieu de la chambre, engoncée dans cette robe crème qui t'allait affreusement mal, à essayer de lever les bras pour te maquiller.

– Je suis comment, Lulu ? m'as-tu demandé avec une voix que l'appréhension rendait fluette.

– Magnifique.

J'avais peur que Greg te transforme, fasse de toi une de ses poupées. Tu méritais mieux que ça, je le sentais. J'avais envie de te sauver, mais je n'en avais pas le pouvoir. C'est toi, toi toute seule qui t'es sauvée.

Tu t'es tournée brusquement vers moi, et, sans daigner prêter la moindre attention à la poudre généreusement renversée par terre, tu t'es exclamée avec une lueur folle dans les yeux :

– J'ai peur, Luna, j'ai plus envie de me marier.

Je me souviens avoir laissé échapper un petit rire fatigué. Je n'avais ni l'envie ni la force de vanter les mérites de Greg, très bon ami et très mauvais amant. Je n'ai pas su quoi te dire pour te rassurer, mis à part un laconique :

– Bah te marie pas.

Ceci dit bien évidemment, vous l'aurez compris, sur le ton de l'humour. Mais toi, tu ne l'as pas compris. Tu m'as dévisagée un long moment, je me suis sentie bête, assise sur le fauteuil de ton grand-père, ma clope éteinte à la bouche (parce que Greg ne veut pas que je fume à l'intérieur, même la fenêtre ouverte). Je t'ai vu t'affaler sur le lit, et j'ai su que j'avais dit une bêtise. Du genre énorme et irréparable bêtise. Tu as commencé à vouloir défaire ta robe, je me suis jetée sur toi pour t'en empêcher en jurant tout haut.

– Non Sophia c'était une blague, juste une blague ! Allez, finis de te maquiller et on descend, tout le monde nous attend.

Mais tu avais pris ta décision. On est restées un court moment allongées sur le lit, côte à côte et en nage, puis tu m'as fait un grand sourire.

– T'es un génie pur et dur ma Lulu. Viens, on s'arrache.

Je t'ai laissé jeter des affaires dans un sac qui traînait là, tu as enfilé des baskets sous ta robe affreuse et je t'ai laissé faire, je t'ai laissé faire puisque j'étais enfin ta Lulu.

Pas un souffle, pas même une petite brise. Nous mourrions de chaud dans ton antique Deux-Chevaux. Tu conduisais trop vite à mon goût, mais je n'osais plus rien dire. Nous nous sommes arrêtées une première fois dans le village voisin parce que tu avais soif. Tu as siroté une menthe à l'eau en terrasse, comme si tout était parfaitement normal. J'essayais de ne pas penser à Greg, je me suis demandé combien de fois tu avais fui un mariage à la dernière seconde. Encore plus ton mariage. Je n'ai pas osé poser la question.

En repartant, tu t'es rendu compte que tu piétinais le bas de ta robe « inadaptée à la situation » : tu as décrété qu'il fallait s'arrêter dans un magasin de vêtements. J'ai songé dans un instant de panique à prendre la voiture pour rentrer chez nous et prévenir Greg, puis je me suis souvenue que je ne pouvais pas te laisser seule. Peut-être que je me suis sentie flattée que tu m'aies choisie comme compagne d'aventure. Ou peut-être que je n'avais aucune envie de rentrer. On est reparties, toutes les deux dans la Deux-Chevaux.

Quand je me suis réveillée, tu n'étais plus dans la voiture. Celle-ci était garée en double file, le clignotant s'agitant furieusement. Je ne reconnaissais rien. Combien de temps avions-nous roulé ? Deux heures, semblait indiquer mon téléphone. Je n'ai pas eu le temps de réfléchir plus, tu revenais, un sac en papier à la main. Tu as claqué la portière avec un grand sourire et je crois bien que je me suis retenue de t'embrasser. À la place, j'ai juste demandé :

– Qu'est-ce que t'as acheté ?

– Un pantalon et un blazer.

– Un blazer ? Tu comptes retourner à un mariage ? Ça coûte cher un blazer !

Tu as ri nerveusement puis tu as bafouillé quelque chose comme « bon on y va ? ». On y est allées. Encore plus vite. Bien trop vite. Ça m'est soudain apparu clairement.

– Tu as volé ce magasin ? ai-je hurlé dans tout l'habitacle.

– C'était si cher, tu aurais vu ça…

C'est la seule chose que tu as dite à ce propos. Tu as appuyé sur l'accélérateur et nous n'en avons jamais reparlé. Si j'avais su que ce n'était que le premier vol d'une longue série…

On a filé à travers l'Europe. Petit à petit, tu t'es mise à enchaîner les délits, j'ai découvert ta véritable personnalité et elle me plaisait. Je te suivais silencieusement au début et j'ai fini par y prendre goût. Tu ne te faisais jamais attraper. J'ai commencé à t'accompagner. Vol, cavale, vol, cavale. C'était grisant, étourdissant. Et puis cinq mois plus tard, ils nous ont coincées.

On est entrées dans la supérette, on a choisi ce qu'on voulait, comme d'habitude. Ils ont surgi de derrière un rayon, quatre policiers qui pointaient leurs flingues sur nous. Tu as toujours eu le sang chaud. Tu as tiré en premier, j'ai revu la poudre dispersée sur le parquet de ta chambre le jour où tout a commencé, les larmes de ta folie rouler sur tes joues, et je m'en suis voulu si fort. Je suis brutalement redescendue sur Terre. Pas toi.

Sophia. Je crois que ça veut dire « sagesse » en grec, ou en latin, enfin une langue morte. Ironique pour quelqu'un comme toi. Je n'ai pas oublié tes sautes d'humeur, je n'ai pas oublié nos fous rires à trois heures du matin. Je n'ai pas oublié ton sourire qui me transperçait le cœur. J'ai écrit ceci parce que je suis sortie de prison il n'y a pas longtemps. Et surtout, je tenais à te dire que je vais me marier.

Il y a des jours comme ça…

Il part de Lyon, enfin. C'est cette pensée, si heureuse, qui l'obsède tandis qu'il se fraie un chemin tant bien que mal dans la foule de passagers patientant sur le quai. Il n'est pas en avance, mais pas en retard non plus, comme toujours. Pile à l'heure. Il cherche sa voiture tout en marchant, ne se souciant plus des coups d'épaule, la trouve et se hisse à l'intérieur.

Le calme soudain le surprend presque, il se sent gêné tout à coup, alors qu'il avance dans le couloir en quête de la place trente-trois, sous le regard d'une vingtaine d'inconnus. Son enthousiasme en prend un léger coup. Il n'aime pas qu'on le dévisage ainsi, même si son imposante carrure y incite. Il sent ses muscles se détendre sitôt qu'il s'affaisse dans le fauteuil, soudain curieusement confortable. Il pose son front contre la vitre et aussitôt le formidable torrent de ses pensées se remet en marche.

Il quitte Lyon. Définitivement. Il raye enfin de la carte cette ville où il a passé les deux pires années de sa vie. C'est fini. Il ne reviendra pas. Une annonce prévenant du départ imminent du train retentit, le quai se met à bouger, lentement puis de plus en plus vite et bientôt la gare de Lyon-Part-Dieu n'est plus qu'un mauvais souvenir. Il s'endort rapidement, la tête ballottée par les caprices de la puissante machine.

Le TGV en direction de Lyon file à travers les champs, avec la détermination qui lui est propre. Elle voit le paysage défiler derrière la vitre sale, toujours le même. Elle s'ennuie. Elle s'est déjà lassée des mots fléchés qu'elle a achetés à la gare de Marseille ("rejet inversé" en quatre lettres, sérieusement, qui a des idées aussi tordues ?) et il lui reste encore une heure et douze minutes de trajet. Elle ne parvient pas à s'endormir, elle se laisse happer par ses rêves éveillés.

Elle songe à son fils, qu'elle va bientôt retrouver. Elle l'imagine seul dans son petit appartement, à mélanger les saveurs et les odeurs dans une cuisine qui, d'après les nombreuses photos, ne semble pas à la hauteur des miraculeux talents culinaires de sa progéniture. Peut-être l'idéalise-t-elle un peu, mais c'est son fils unique, qu'elle a eu, d'après les gens, bien trop jeune, et elle l'aime plus que tout.

Elle se sent un peu seule.

C'est vers Montélimar, à peu près à la moitié du trajet, que les deux trains se croisent. Ils sont opposés, le jour et la nuit, ils ne connaîtront jamais les rails dans l'autre sens.

Il lève les yeux, comme attiré par une force mystérieuse.

Elle pose sa main contre la vitre.

Leurs regards s'accrochent, le temps d'une milliseconde, d'une respiration, d'un battement de cils, d'un battement de cœur. Ils veulent parler, faire un signe, ils n'en ont pas le temps. Ça prendrait plus d'une milliseconde, d'une respiration, d'un battement de cils, d'un battement de cœur.

Les trains se séparent et poursuivent leurs routes.

Ils ne se connaissent pas, ils se connaissent mieux que personne.

Ils ne se reverront jamais, ils ne s'oublieront jamais.

Elle est fébrile, il faut qu'elle fasse quelque chose, elle ne peut pas le laisser partir comme ça.

Il est parti, elle le sait. Elle ramène ses genoux contre sa poitrine, comme une enfant, tremblante et hagarde.

Il est chamboulé, lui, grand homme insensible. C'est impossible, il ne peut pas… Il est plus fort que ça, la preuve il a réussi à partir de Lyon… Il n'est pas... pas à cause d'un regard, si ?

Il ferme à nouveau les paupières, et cherche à comprendre ce qu'il s'est produit.

Ils ne comprendront pas, il n'y a rien à comprendre. C'est une histoire de fous, une histoire à dormir debout.
Enfin quoi ?

C'est une histoire d'amour.

PARTIE II

Des rêves les yeux ouverts.
Des secrets les yeux fermés.
Se taire pour mieux crier.
Un monde, ailleurs.
Et puis
Danser dans sa délicatesse.

Tout bouge un jour
(mais pas aujourd'hui)

Les premiers rayons du soleil se glissent à travers les rideaux entrebâillés du salon. La vaisselle de la veille attend sagement, abandonnée sur la table bancale, qu'on s'occupe d'elle. Rose noue son tablier sur ses hanches et se met au travail.

Tout en effectuant les tâches ménagères qu'exige sa condition, elle laisse son esprit divaguer. Elle oublie la fatigue qui pèse sur ses paupières, songe à ses rêves de jeune fille si vite envolés, dégonflés par la société. Elle se souvient du sourire de son voisin, à l'époque, et de leurs roulades dans les champs malgré ses longues robes. Elle songe à sa vieille mère, qui n'aura jamais connu d'autre liberté que celle de choisir le repas pour toute la famille. Son esprit divague, elle pense sans vraiment y prêter attention à toutes ces femmes, disséminées dans des milliards de cuisines, qui essuient des fourchettes et récurent des fonds de poêles.

Dans sa rêverie elle n'entend pas son mari approcher. Elle se sermonne mentalement, elle en est toujours à la première assiette. Lui, ne dit rien. Il lui sourit, embrasse délicatement son épaule.

– C'est prêt, ma douce ?

Mais Rose n'a rien préparé, alors elle se dépêche, couper le pain, étaler le beurre, lisser la chemise. Il la regarde faire d'un air complaisant. Il doit se féliciter intérieurement d'être si gentil, il ne hausse jamais le ton contre sa petite femme, même lorsqu'elle est en retard.

Il sort tout de même sa montre à gousset, grimace. Rien n'échappe à la femme accomplie, elle se précipite pour l'aider à enfiler sa veste. Rose en a conscience, aujourd'hui est un jour important pour lui. Enfin pour eux, mais ça, ils ne le savent pas encore. Le tic-tac de la montre les presse, elle passe une main tremblante pour faire disparaître les derniers plis du costume de monsieur, et il lui sourit encore.

– Ne te tourmente pas ainsi, murmure-t-il de sa voix la plus tendre, je ne vais que voter...

Oui, mais justement. Rose dépose un baiser sur la joue de son mari. Elle le suit des yeux tandis qu'il s'éloigne dans la ruelle, son costume chic contrastant avec l'insalubrité ambiante.

Maintenant, il faut qu'elle prépare son fils pour l'école. Ensuite elle ira au lavoir, et elle prendra peut-être un thé avec ses amies. Oui, tiens, elle boirait bien un thé. Elle passe sa langue sur ses lèvres. Elle a comme un goût amer qu'elle ne parvient pas à identifier. Une sensation dérangeante, pas tout à fait là mais qui se fait persistante. Un bon thé à la menthe.

Les rires fusent à travers le salon vert amande. Le thé bien mérité passe de main en main. Rose, assise contre une fenêtre, ne dit rien. Elle apprécie le léger parfum du liquide descendant dans sa gorge autant que sa solitude. Solitude rapidement piétinée par la venue d'une femme qui s'exclame :

– Je suis Millicent, enchantée. Tu sais qu'en tant que femme londonienne tu es en grand danger ? Ta liberté, tout du moins. Si tu veux, tu peux te joindre à nous, on milite pour le droit de vote.

De loin, on pourrait croire que c'est une procession religieuse. Toutes ces femmes, c'est ironique mais elles ont quelque chose de bonnes sœurs échappées d'un couvent. Sauf qu'elles portent des panneaux et des grands chapeaux. D'aucuns diront qu'elles sont magnifiques, d'autres qu'elles sont maléfiques. Magiciennes ou sorcières, peu importe, elles sont là, bien campées sur leurs pieds, prêtes à tout pour récupérer les droits qui leur reviennent naturellement.

Rose a vieilli, ou rajeuni, je ne sais pas. En tout cas, en deux années, elle a bien changé. Elle brandit une pancarte, « donnez-moi mes droits ou donnez-moi la mort », à côté de son amie Millicent Fawcett, créatrice de la « National Union of Women's Suffrage Societies »[1]. Désormais, elles sont unies.

Alors que le cortège descend les rues bondées d'une Londres chamboulée, un coup de feu retentit tout près de Rose. Elle ne comprend pas tout de suite, ne réagit pas tout de suite : ce qu'elle a réussi à éviter depuis deux ans ne peut pas survenir maintenant, si ? Elle se croyait épargnée puisque leurs manifestations ne déclenchaient en général

---

[1] Peut se traduire par « Union nationale des sociétés de suffrage féminin ».

que des murmures réprobateurs sur leur passage, au pire quelques injures et des tomates à la figure.

Le silence glacé est déchiré par un cri. Une femme est étendue par terre, la main crispée contre sa côte dans un soubresaut incontrôlable. Rose connaît quelques rudiments médicinaux, elle se précipite. La victime est jeune, peut-être une vingtaine d'années. Rose chasse ses sombres pensées (cette jeune femme pourrait être sa fille !) et s'applique à presser un bout de sa robe contre la plaie. Ses yeux aperçoivent le scintillement d'un pistolet à sa droite, mais pas son cerveau. Elle ne veut pas voir, elle est bornée, absorbée par sa tâche, presser, presser, presser. La détonation suivie de hurlements ne parvient pas à la déconcentrer. Il faut presser. Empêcher le sang de couler jusqu'à l'arrivée des secours. Il faut…

C'est la puanteur des lieux qui réveille Rose, ou tout du moins c'est ce qu'elle sent en premier. Une odeur abjecte d'urine et de moisi. Elle peine à s'accoutumer à la faible lumière, tâtonne le drap à côté d'elle. Pas de mari. Elle se relève brutalement et la mémoire lui revient en même temps que la douleur à la tête. Elle se souvient de bruits bien trop forts, de cris, de pleurs, qu'elle tentait d'arrêter l'hémorragie d'une inconnue et puis du coup de matraque. Rose suffoque en pensant à la jeune femme. Ou peut-être est-ce à cause de l'air impur. L'odeur se fait persistante, lui rappelle où elle se trouve. En prison, en prison pour avoir voulu défendre ses droits.

Rose tend l'oreille. Elle a l'impression d'entendre encore les bruits de la manifestation, la musique de leur bataille, les tambours, les chants, elle sent presque la sueur et la chaleur. Elle se demande depuis combien de temps elle est là, elle s'inquiète, elle croit que ça y est, elle est devenue folle. Un coup sourd au-dessus de sa tête la fait sursauter. La militante se met sur la pointe des pieds, monte debout sur son « lit » (une planche de bois recouverte d'un drap de grosse toile) et agrippe les barreaux de la lucarne qui diffuse le seul rayon de soleil auquel elle a droit. Là, dehors, elle distingue des dizaines de silhouettes qui déambulent, brandissant des panneaux. Elle n'est pas folle. Nouveau coup. La prisonnière identifie enfin sa provenance : une femme jette des cailloux à sa fenêtre. Rose lui sourit, bien que la femme en bas n'ait aucune chance de la voir.

Lentement, elle se laisse glisser au sol. Les femmes n'abandonnent pas.

Rien n'a changé.
Et rien ne changera avant encore longtemps.

Sois humble et tais-toi !

Sois belle et tais-toi.
Sois gentille et tais-toi.
Sois HUMBLE et tais-toi.
Sois HUMBLE et tais-toi.
Sois exactement ce que je veux que tu sois, et tais-toi. Surtout, tais-toi. Ne dis rien, déjà que tu penses trop.
Sois HUMBLE.
Et tais-toi.

Flora baisse les yeux, observe avec un intérêt accru le bout de ses chaussures. Elle n'avait jamais remarqué à quel point il était sale. Et rond. C'est passionnant, les bouts de chaussures, quand on y pense. En vérité ce n'est absolument pas intéressant, mais c'est la seule chose qu'elle trouve à regarder pour paraître HUMBLE. Elle tire mécaniquement sur sa cravate. Pourquoi a-t-elle mis une cravate ? Ça tient chaud. Et puis ça fait homme. Elle aurait dû mettre une jupe. Une jolie jupe moulante. Ou une robe. En tout cas pas ce vieux pantalon tout raide et ces baskets sales au bout.

Elle entend du bruit à travers le mur, un raclement de chaise. Elle se répète les conseils de ses proches en boucle. L'un d'entre eux retient particulièrement son attention, il lui semble approprié pour un entretien d'embauche. « Surtout, reste HUMBLE » se murmure-t-elle à elle-même alors que la porte s'ouvre pour laisser sortir un homme.

Le directeur fait entrer la demoiselle fort mignonne (bien que mal habillée) dans son bureau. Il lui serre la main, puis lui indique une chaise d'un geste très professionnel. Il l'examine discrètement pendant qu'elle s'installe, ses gestes malassurés, le tremblement de sa lèvre inférieure, la sueur à la naissance de son front. Il a pitié d'elle, pauvre petite créature effrayée.

Il entame l'entretien, elle se débrouille bien même si elle ne parle pas beaucoup. Elle semble s'être détendue. Le directeur offre un café à son interlocutrice et lance d'un ton badin :

– Parlez-moi un peu plus de vous : quelles sont vos qualités ? Du sucre ?

Flora se fige. Elle répète machinalement :
– Mes qualités ?
Le directeur sourit aimablement.
– Eh bien oui, ce pour quoi vous prétendez à ce poste.

Elle rit, nerveusement. Elle sent la panique la gagner. Comment rester HUMBLE tout en se vantant ? C'est de l'ordre de l'impossible.

– Je n'ai pas de qualités particulières, monsieur, finit-elle par déclarer.

L'homme la dévisage, surpris. Il reprend la conversation légèrement refroidi et éconduit la jeune femme rapidement.

Une fois dans la rue, Flora s'interroge. Tout allait bien jusqu'à ce qu'elle lui dise qu'elle n'avait pas de qualités. Pourtant, elle y pense maintenant, une fois la panique retombée : bien sûr qu'il faut des qualités pour se démarquer. Être HUMBLE, quel conseil stupide ! Elle frappe rageusement un caillou du bout noirci de sa chaussure. Elles sont belles, ces vieilles pompes, pourtant. Elles valent tous les escarpins du monde, avec leurs petites fleurs dessinées au feutre sur la toile. Elles sont belles, ces chaussures, et elle s'en enorgueillit. Elle ne sera plus jamais HUMBLE.

Elle court dans la rue et hurle sous les yeux des passants interloqués :

– Je ne suis pas HUMBLE ! Je suis drôle, intelligente, sympa, intéressante, fascinante même, mais pas HUMBLE : je suis une femme !

Les Silencieux

Il a quinze ans, il est blanc.
C'est « un mec un vrai »,
Comme dans les publicités,
Hyper-connecté à l'actualité.
Il a un prénom et un nom,
Comme il est d'usage,
Pour exercer sa fonction
Et rentrer dans les petites cases.

Il s'appelle Matéo Beauson,
Il est grand et un peu con,
Mais, *askip*, c'est la génération.
Matéo va au collège du quartier,
Pas trop mal fréquenté,
Surtout colonisé
Par des ratés.

Matéo ne brille pas par son intelligence,
Certes, mais il a un rêve.

Un rêve secret et bien caché.
Un rêve qui le harcèle depuis...
(Combien de temps ? Il n'a pas compté)
Un de ces rêves qui ne vous lâcheront jamais.
Matéo est un rêveur,
Un rigolo
Comme tant d'autres, ces idiots
Qui voudrait faire de sa vie
Ce dont il a envie
Mais qui ne s'en croit pas capable.

Il se sent un peu seul,
Planté au milieu de la cour
Sous le grand tilleul
À rêver d'amour.

Mais ce n'est pas celui-là, attention,
Auquel notre Matéo songe sans cesse.
Pas celui qui fait les bras en chocolat et les jambes en coton,
Non, pas l'amour en laisse.
Il s'appelle Matéo Beauson,
Il a une âme de Cupidon
Il voudrait recoudre la Terre,
Lui rendre son éclat.

                              Voilà,
              Matéo voudrait changer le monde.
              Comment ? Si seulement il le savait…
                          Alors il attend,
                            Sagement,
                            Son tour.

C'est en mai,
Si je me souviens bien,
Mai 2020,
Quand le confinement prenait fin.
Oui, c'est cela,
En mai de cette drôle d'année,
Qu'il la rencontra, la belle Clara.

Il marche sur le bord du trottoir,
Les mains aux poches, les pas au hasard,
En pensant qu'il se fait tard
(Son père va s'inquiéter)
Mais il ne veut pas rentrer,
Pas encore,
Il aurait voulu attendre l'aurore.
Le temps s'étire,
Quand
                      il
                                        la voit.

Juste là, de l'autre côté de la rue
Et le temps de cligner des yeux,
Elle a disparu.
Il rentre aussitôt, et elle ne le quitte pas de la nuit.
Il rêve d'elle, et le lundi,
Quand il l'aperçoit dans la cour,
Il croit avoir oublié de se réveiller.
Il se demande s'il doit aller lui parler.

> Je lui chuchote de foncer,
> Et comme je suis la voix de la sagesse
> Il fonce.
> Il court dans les bras de sa déesse
> Dont il ne connaît même pas le nom.
> Ah, sacré Beauson !

C'est amusant comme certains cœurs
Parfois s'accordent à battre en chœur
Comme certaines voix
Parfois s'entendent à suivre la même voie
C'est amusant ces deux enfants
Qui veulent briser les carcans.
Il faut parler, à toute vitesse,
Oubliée, la voix de la sagesse
L'amour donne des ailes
Et ces deux-là s'envolent.

Mais attendez, attendez.
Je crois que vous vous méprenez.
Vous pensez sûrement
Que nos deux amis
Sont en train de tomber amoureux
L'un de l'autre.
Que nenni !
Je vous parle de cet amour,
Qui obsède Matéo depuis toujours,
Cette intuition insondable
Que le monde pourrait être un peu plus vivable.

Enfin,
En mai 2020,
Matéo trouva quelqu'un
D'un peu malin,
Quelqu'un qui partageait ses idées folles.

Attendons un peu
Que le temps passe pour nos deux amoureux.
Ils ont maintenant
Bien trente-deux ans
Et après toutes ces années,
Ils vivent leur petite vie chacun de leur côté,
Même si Clara pense souvent à lui.

(Matéo,
Ce simplet,
L'a un peu oubliée) :
Il s'est trouvé une jolie femme,
Grande, fine et blonde,
Pour mener une vie, ma foi, bien calme
Loin de l'agitation du monde
Et élever ses deux petites
Têtes rondes.
Une nuit, dans un appartement
Du douzième arrondissement, Clara rêve.
Elle le rencontre à nouveau
Son Matéo
Ils construisent l'univers
Dont ils parlaient les après-midi
Perchés sur la fenêtre au-dessus du lit.
Un univers sans foi ni loi, sans faim ni roi,
Vous savez,
Ils avaient foi

Elle se redresse dans la pénombre.

      Et
      Si
      Il
    N'était

Pas
Trop
Tard
?

Matéo passe la tête dans l'encadrement
De la porte.
Il adresse un signe à sa femme : je sors.
Il glisse sur le paillasson,
Court dans l'escalier,
Pousse un juron
Face à la boîte aux lettres
Qui vomit ses publicités,
Mais ne s'arrête pas
Jusqu'à être nez à nez avec Clara.

Ils ne disent rien, ils se serrent dans les bras,
Tendrement, délicatement,
Au milieu de la rue bondée,
Le monde est seul et
Ils sont seuls au monde.

Puis ils se mettent à bavasser,
En même temps et trop rapidement,
Ils veulent rattraper les années
Qui ont filé comme le vent.

Ils s'installent à la terrasse d'un café.
Clara arrête soudain de parler,
Le regard dans les yeux
Et demande avec un immense sérieux :
« Tu veux toujours changer le monde ? »

Imaginez juste une seconde
La tête de notre Matéo.
S'il voulait changer le monde ?
Il en aurait pleuré de bonheur.

À la bonne heure !
Moi qui assiste à la scène,
Derrière mon café,
(Sans sucre, s'il vous plaît)
Je trépigne.
Je vois Matéo lui tendre la main,
Je les vois s'éloigner dans le petit matin
Serrés l'un contre l'autre
Revenus au temps de l'adolescence.

Vous vous demandez sûrement
Quels furent leurs agissements ?
Attendez-moi,
Je saute dans le prochain métro

                    Et je les suis incognito.
            Ah ! J'aperçois la veste mauve de Clara !
                (Quelle affreuse couleur d'ailleurs)
            Je me faufile entre un vieux monsieur
                    Et une jeune femme en tailleur
                        Mais où vont-ils comme ça ?

Huitième arrondissement
Ils courent désormais Faubourg Saint-Honoré
Ils gesticulent
(Franchement ridicules)
(J'ai un point de côté
Donc je suis énervée,
'Faut pas chercher)
Matéo lui montre quelque chose,
Elle répond d'un hochement de tête satisfait
Et ils repartent, euphoriques.

Cette fois c'est décidé,
Ils n'attendront pas dix-sept années
Avant de se retrouver.
Matéo ce soir chantonne.
Il est tout heureux, comme un gamin amoureux.
Il exécute des pas de danse
Dans la nuit d'automne
C'est les joues fraîches et le cœur

Renouvelé
Qu'il rentre chez lui à cette heure
Avancée.

Sa femme le voit s'allonger à côté d'elle,
Et à son sourire niais,
Devine qu'il l'a retrouvée.
Elle ne dit rien, elle sait bien,
Que contre l'amour – de la vie – on ne peut pas
Lutter.

Clara se réveille la première,
Bien avant le lever du soleil
(Quel paresseux celui-là)
Avec une âme de justicière
Et les yeux pleins de sommeil.
Elle se prépare en hâte
Dévale les marches quatre à quatre
Pour se retrouver en bas de l'immeuble.

Il faut quatre pincements et deux coups dans les côtes pour réveiller Matéo.
Ah, ce qu'on ne m'oblige pas à faire !
Quelques minutes plus tard il verse le lait dans les céréales.
(Même pas un merci,

Quel ingrat celui-là aussi !)
Pendant que Jade habille les petites,
Matéo ouvre la porte à son amie.
Les deux femmes se considèrent un instant,
Jade pense à eux enfants,
Clara pense à eux maintenant,
Et elles se sourient aimablement.

Ils descendent dans la rue tous les cinq,
Main dans la main,
Ils marchent.

          Silencieux.

Parfois Matéo porte une de ses filles
Sur ses épaules,
Parfois ils échangent un sourire,
Mais pas un mot,
Pas un seul.
C'était leur idée,
Au tout début, dans la cour de récré.
Une protestation silencieuse.
Un cri figé, en suspension dans l'univers,
Un appel au secours muet,
Pour la Terre.
Ils marchent, et chaque pas

Est à lui seul un combat.

Les passants qui passent en passant
Les avisent avec amusement,
Cet homme qui porte cette petite fille,
Cette femme qui tient sa main libre,
Cette autre petite fille qui rit,
Cette autre femme qui tend la main devant elle
Comme un appel

        Et alors le rêve de Matéo se réalise
Lorsqu'une femme prend la main tendue de Clara
        Dans la sienne déjà modelée par l'âge ;
        Le rêve se matérialise
        Alors qu'un jeune homme avance le bras
        Alors enfin, il sent sa vie sortir de sa cage

La chaîne humaine s'agrandit,
Silencieuse et de plus en plus forte
Serpent sinueux dans les rues de Paris
Ouvrira bientôt la porte
La chaîne devient trop longue
Ils se lâchent les mains
Mais continuent d'avancer
Tous humains, tous rien.

Mes amis,
N'en déplaise à votre curiosité avertie,
Je serais bien en peine de vous retranscrire
La puissance d'un moment pareil
Sans risquer de lui ôter de sa splendeur.
Veuillez comprendre que je ne peux écrire
Ce que seules ont perçu mes oreilles
Un silence si profond qu'on eût dit un sommeil
Où tout Paris s'éveille,
Mis devant le fait accompli
De ses erreurs.
Tout ce que je peux vous révéler
C'est que les petits ont réussi leur pari
De « faire un monde meilleur ».

Matéo saisit la main de Clara.
Ils s'éclipsent discrètement
De la fête que donne, en leur honneur,
La présidente
Dans son antre.
Ils traversent les grands jardins,
Longent les bassins,
Et s'allongent sur la pelouse
Comme quand ils étaient gamins.
Ils se sentent bien

Enfin reposés.
Enfin apaisés.
Bien sûr, ça va recommencer,
Tout va encore évoluer,
Mais ils ont l'agréable impression
D'avoir accompli leur mission.
Clara ferme les yeux.
Elle entend le souffle de Matéo près d'elle.
Elle se tourne un peu, caresse l'herbe fraîche
Du bout des doigts,
Rouvre les yeux.
         Elle le regarde.
         Il la regarde.

Maintenant, elle pourrait peut-être lui dire que...

La sua delicatezza

MOI

La voix de mon père s'insinue par la baie vitrée entrouverte. Ma mère est agacée par ce coup de fil inopportun, ça s'entend au choc brutal de la fourchette contre l'assiette. Je lui ressers de l'eau, ça me donne quelque chose à faire pour ne pas croiser son regard. Mon père dit « bien entendu, c'est une mission pour moi » et rit du faux rire qu'il réserve à ses collègues de travail. Le soleil qui filtre à travers le feuillage du marronnier forme des lacs de lumière sur la nappe blanche, je le fais glisser entre mes doigts. « Je passerai demain », assure mon père avant de raccrocher.

COSTANZA

Un courant d'air s'engouffre brusquement par la fenêtre. Costanza parvient à la vitre juste à temps pour voir une longue voiture noire se garer en bas de l'immeuble. Deux hommes costumés en sortent, lèvent les yeux, observent l'immeuble, considèrent les minuscules fenêtres les unes après les autres, examinent le crépi noirci par les fuites de gouttière. Ils hochent la tête d'un air entendu et remontent dans la voiture, qui s'enfuit sans un bruit, comme un insecte pernicieux.

MOI

« Le bâtiment est en très mauvais état, mais il faudrait que je rentre à l'intérieur pour confirmer », dit mon père en passant sa serviette sur ses lèvres. Il a l'air content. Je ne peux pas m'empêcher de me demander pourquoi faire raser les maisons des gens le rend heureux, et pourquoi il porte encore cet affreux polo moutarde qui ne lui va pas du tout. Il continue sur sa lancée : « C'est un sacré quartier Porte de la Chapelle ! ». Je joue avec le coin de la nappe, tout en essayant de me représenter ce à quoi peut bien ressembler un « sacré quartier ». « Je peux venir ? », je demande en relevant la tête.

COSTANZA

Cette fois, elle est assise sur un banc avec Isola quand la voiture arrive. Toutes les deux suivent du regard les hommes en costumes pénétrer dans l'immeuble. Aucun d'eux ne leur accorde la moindre attention. Il y a un nouveau, un petit jeune à l'air hagard, aux yeux perdus quelque part entre l'enfant et l'adulte, qui trottine derrière son père. « *Chi è ?* »[1] demande Isola. Son amie hausse ses maigres épaules. « Je croyais que tu étais la maîtresse des ragots », plaisante Isola, ce à quoi Costanza réplique « Je ne suis que la maîtresse de ton mari ». Les deux femmes rient. Une pluie fine commence à tomber. Costanza serre la lanière de son sac de courses contre sa poitrine et dit « J'ai peur que ce ne soit pas bon signe, ces *signori* chez nous ».

MOI

Les escaliers sont étroits, en tendant les bras je peux toucher les deux bords. Les murs bruns me râpent le coude quand je les frôle, et je me demande s'ils ont un jour été blancs. Nous parcourons un couloir semblable à tous ceux des étages inférieurs, sale, froid, terne. Je palpe du bout de mon existence le monde qui sépare cet immeuble de ma villa, sans vraiment réussir à me le figurer.

---

[1] De l'italien.
Chi è : « qui est-ce ? ». *Signori* : « messieurs ».
La sua delicatezza : « sa délicatesse ».

Une gêne soudaine m'envahit, j'étouffe – peut-être est-ce à cause de l'odeur d'urine et de tabac froid que dégage la moquette ? – je lance que je vais prendre l'air et me jette dans l'escalier. Je bouscule une vieille, « Pardon », je dis. Son regard m'oblige à lever les yeux.

COSTANZA

Elle toise le jeune garçon de toute sa petite hauteur. Isola ricane à son oreille « tu te prends pour une grande dame ? ». Costanza ignore son amie et soutient le regard du garçon. Il lâche le premier, détale dans l'escalier sans un mot de plus. Il ne reste plus que le bruit des pas qui s'éloignent et une sensation étrange dans l'air.

MOI

Je repense à cette vieille dame pendant le cours d'anglais. Une chanson passe en boucle dans ma tête, les nuages passent en boucle par la fenêtre. La prof me demande si je peux répéter ce qu'elle vient de dire, je dis que non. Elle dit « Pourquoi ? ». Je promets de me concentrer. Je ne peux décemment pas répondre que je pensais à une mamie. Demain j'accompagnerai à nouveau mon père.

COSTANZA

Costanza gravit péniblement les marches de l'escalier décrépi. Et soudain il est là, le petit bourgeois aux yeux bleus, aux yeux d'ange fragile, aux yeux fragiles de porcelaine, là, assis à même la pierre rude, et il la dévisage. « Salut », marmonne la vieille italienne. « Bonjour », réplique le gamin. Ils s'observent, voient en l'autre le miroir de leur insolence, ça les amuse. « Reste pas là, viens prendre un thé », finit-elle par capituler.

MOI

L'appartement est à l'image du reste de l'immeuble : miteux. Mon hôtesse pose des sous-tasses sur la table avec une lenteur qui m'exaspère, puis m'indique un tabouret. Un « comment tu t'appelles ? », jeté avec ce que j'interprète comme une pointe de mépris, me sort de mes pensées. « Julien ». Elle verse le thé dans les tasses dépareillées et je crois surprendre un rictus suffisant sur ses lèvres.

COSTANZA

Elle détaille le petit bourgeois par-dessus sa tasse. Il est si différent de tout ce qu'elle connaît.

Et pourtant. Elle connaît l'inclinaison gracieuse du chef, la délicatesse des doigts autour de l'anse. Le robinet goutte dans l'évier, une abeille se cogne contre la vitre, elle apprécie le silence entre eux. Costanza remarque qu'après de longues minutes sur ce tabouret inconfortable le petit gars ne se tasse pas. Elle pense qu'ils élèvent bien leurs gosses comme des bêtes de concours, ces habitants des quartiers huppés. Et puis soudain, elle comprend ce qui l'intrigue chez Julien.

MOI

« Tu fais de la danse, Julien ? ». Je souffle. Pourquoi il a fallu que je tombe sur une mamie voyante ? Je réponds, peut-être plus sèchement que je ne l'aurais voulu, que j'en ai fait mais que c'est fini. Elle sirote son thé, je me lève pour faire sortir l'abeille. « C'est fini », elle répète, « Pourquoi ce ton dramatique ? ». « C'est un interrogatoire ? » je lance depuis la fenêtre. Mais la vieille ne se départit pas de son sourire.

COSTANZA

La vieille dame fouille dans le placard, s'empare d'une boîte en carton, qu'elle confie à son invité. « Ouvre », elle ordonne. Le gamin sort une paire de pointes usées jusqu'à la corde. « Elles sont à moi », se flatte Costanza. Le garçon serre les chaussons dans ses mains. Il se met à débiter à toute vitesse. « J'ai fait de la danse pendant des années mais mon père ne veut plus que j'en fasse au lycée il dit que je suis trop grand pour cette activité et que je dois faire un vrai sport mais j'avoue que danser me manque et vous vous dansez ça alors je ne m'en serais pas douté c'est complétement fou », et elle éclate de rire.

MOI

Les escaliers me paraissent moins sales au retour, un bout de soleil se glisse même par une brèche dans le mur. Je me dis que j'aime mieux le soleil ici. Je me dis que cette réflexion n'a pas de sens. Mon père me demande ce qui me fait sourire comme ça. Je dis « De t'accompagner, j'aime bien », ça semble lui faire plaisir. Il me demande si je ne m'ennuie pas, je dis que non. Il dit « C'est bien ». Et je pense qu'effectivement, c'est bien, je vais reprendre la danse.

COSTANZA

Désormais, Costanza attend le week-end avec impatience. Julien est sa distraction de la semaine.

Elle a dégagé un peu d'espace dans la pièce qui lui sert à la fois de salon et de chambre. Le samedi après-midi, le gamin prend le bus et se rend à l'appartement, là, Costanza lui enseigne tout ce dont elle parvient à se remémorer. C'est sûr, ça remue de drôles de souvenirs qu'elle croyait perdus pour toujours, du temps où jeune encore elle pratiquait des heures sans s'essouffler. Elle est obligée de revoir la salle de danse, avec ses grandes glaces et son parquet si lisse. Elle revoit tous ces pas faits et refaits, les pieds en sang mais un bonheur qui lui semble appartenir à quelqu'un d'autre. C'était bien elle, pourtant. C'était bien elle, avant l'exil. On toque, le visage jovial de Julien apparaît dans l'encadrement de la porte.

MOI

Je lace mes chaussons avec application. C'est ma dixième leçon avec Costanza, et je sens que mes efforts paient. La vieille femme est dure, comme d'habitude, mais je me doute bien que ça a quelque chose à voir avec son passé, alors je ne dis rien. J'y mets tout mon cœur, je répète la chorégraphie qui ne donnera jamais lieu à aucun spectacle, mais je danse et j'aime ça. Un coup violent frappé à la porte me ramène à la réalité.

Costanza traîne son corps voûté pour aller ouvrir. Je me retrouve face à mon père.

COSTANZA

Quand elle referme la porte, Costanza sait que c'est fini. Elle ne reverra plus Julien, et encore moins pour lui apprendre à danser. Le père a été clair : interdiction désormais d'approcher son fils. Tout en arrosant son ficus, elle repense aux paroles du paternel, pleines d'une haine à peine dissimulée : « Vous ne comprenez pas, il a pris le bus tout seul, c'est scandaleux, il aurait pu se faire voler, vous savez les transports en commun, surtout dans votre quartier... et puis la danse, non, vraiment, ce n'est pas une activité pour un jeune homme comme lui ». Maintenant, il va falloir qu'elle trouve une autre distraction pour occuper ses samedis.

MOI

La matinée est déjà bien avancée quand j'ouvre les yeux. On est samedi, encore, le troisième samedi où je ne prendrai pas le bus pour la Porte de la Chapelle. J'ai une pensée pour ma vieille amie, à nouveau seule dans son minuscule appartement, et j'ai honte, soudain, une honte vive et piquante, de dormir dans cette chambre qui fait la taille de son logement. Je fuis la chambre. Ma mère lit dans un canapé. « Ju, tu serais un ange si tu allais regarder le courrier, j'attends une lettre », elle minaude. Je suis un ange, je vais à la boîte aux lettres. Pas d'enveloppe pour ma mère mais une publicité pour un spectacle. L'intitulé retient mon attention. « Spectacle de danse gratuit à la Porte de la Chapelle ».

COSTANZA

Costanza passe la tête par le rideau de douche qui fait office de coulisses, sonde le public installé sur les chaises disparates, cherche son visage, ne le trouve pas. Il va être l'heure, les spectateurs s'impatientent, un bébé pleure au premier rang. Elle souffle. Son cœur tambourine dans sa poitrine lorsqu'elle s'avance sur la scène improvisée. Elle introduit le spectacle en quelques mots maladroits, sans oser regarder le public. Des applaudissements, la lumière ne se tamise pas, faute de régisseur.

MOI

J'ai l'impression que mes chaussures prennent feu. Il a fallu que le bus soit en retard aujourd'hui. Je dépasse l'immeuble de Costanza, aperçois le terrain vague au bout de la rue, accélère encore si c'est possible. Je me trouve une place sur un bout de chaise et je reprends mon souffle. Je vois alors Costanza me faire de grands signes depuis les coulisses.

COSTANZA

Il est là. Il est venu. Il contourne la scène – quelques planches inégales surélevées par des petits tréteaux – et retrouve son amie. « C'est à toi de danser », dit simplement Costanza en lui tendant la paire de chaussons. « Tu connais la choré, c'est ton moment ». La musique s'échappe de l'antique tourne-disque que la vieille femme utilisait déjà pour leurs leçons. Elle regarde son élève lui sourire. Puis il monte sur la scène et disparaît de sa vue.

MOI

Mes pieds s'emballent presque sans que je n'y prenne garde. Une ombre s'étire sur les planches, la silhouette se calque sur mes pas, Costanza danse derrière moi. Je ne sais combien de temps cela dure, je sais que ça s'étire, le présent devient malléable, le vinyle est fini depuis longtemps, nous dansons en silence, le monde en silence. Des cris éclatent et tout se brise. J'aperçois mon père furieux fendre le public. Mais Costanza danse toujours, avec un sourire insolent accroché aux lèvres. Je fais un pas vers elle, la salue et me tourne vers mon père.

Là où se touchent les mondes
(Publiée pour la première fois dans le numéro 15 de la revue « Fantasy Art and Studies »)

Madame se réveille difficilement. Elle se traîne comme tous les matins jusqu'à la vitre gigantesque de sa chambre, qui surplombe la forêt de Pama. Comme tous les matins, elle songe « quelle vue ! » mais ne descend pas le regard plus bas. Plus bas, ce sont ses employés. Ce sont les Portails. Ça ne l'intéresse pas. Un colibri se pose sur son épaule. Madame le chasse d'un mouvement de la main agacé, enfile ses chaussons de laine massante et fait entrer le découvreur.

Le découvreur de Madame est petit et gros, et il pue, mais c'est le meilleur de la région. Madame lui fait signe de prendre place sur le siège qui lui est réservé, et elle l'écoute attentivement. C'est le seul moment de la journée qui la divertit un peu. Le découvreur se met au travail : il déplie une carte de la forêt et commence son babillage quotidien à base de « la découverte des Portails va très bien oui oui c'est fantastique ». Puis il lui présente les nouveaux Portails, qu'il découvre lui-même tous les jours. C'est généralement à ce moment-là que Madame se fait la réflexion qu'il est très doué dans son métier, même s'il pue. Enfin, elle choisit les équipes de mondeurs qui couvriront chaque Portail, impose une mission et sa date. Ensuite, quand le découvreur est reparti, elle s'ennuie.

Il fait bon vivre à Pama. Les mondeurs y ont installé leur quartier général il y a déjà des années de cela, et vivent en harmonie avec la nature. Bien loin des cités qui se sont développées à une vitesse ahurissante depuis la fin de la grande période froide, les modestes cabanes en bois perchées dans les arbres leur suffisent amplement.

Les mondeurs sont entièrement libres, comme il est stipulé dans le Grand Règlement, à condition qu'ils respectent les deux règles de l'antique document : « obéissance totale à Madame » et « de l'entraide mais pas d'amitié ». Toute relation est en effet proscrite par Madame, car mondeur est probablement la profession la plus dangereuse qu'il existe en cette ère, et un lien affectif pourrait amener toute une mission à l'échec. Personne n'a jamais vraiment cherché à comprendre ces deux règles obscures, tous les employés s'y confortent plus ou moins aveuglément. Tous, sauf peut-être Gwen et Piu.

Gwen remonte la fermeture éclair de ses bottes, pinçant sa peau au passage. Elle reste un instant silencieuse, fixant le dehors à travers la fenêtre de sa cabane, derrière laquelle s'agitent les branches des autres arbres dans un bruissement familier. Elle meurt de chaud dans sa combinaison de travail, pourtant elle ne s'en plaint pas, elle sait combien les températures peuvent varier d'un monde à l'autre. De toute façon, elle n'a pas le droit de se plaindre. Elle repense à sa dernière mission, qui lui a valu le titre glorieux de « Sivir », et l'a directement propulsée dans la cour des Grands. Désormais, elle a le droit de manger à la table de Madame si elle le souhaite, et parfois même, elle reçoit une invitation pour un banquet donné par le seigneur d'une région voisine. Bien sûr, cela a fait des jaloux, comme son plus fidèle coéquipier, Piu, qui l'ignore systématiquement depuis qu'elle a reçu son titre.

Une étoile vient se poser sur la fenêtre. Gwen ferme les yeux un bref instant, puis se lève.

Il est presque midi mais personne n'a faim chez les mondeurs. Le bruit court que l'un des Portails qui a été découvert par le découvreur de Madame est un Mauvais, voire un Très Mauvais. Les mondeurs pinaillent dans les gamelles sans toucher à la viande, ils échangent des coups d'œil anxieux, nul n'ose parler. Ils savent qu'à la fin de ce repas, le découvreur viendra, et il annoncera les équipes affiliées à chaque mission. Ceux qui croient en l'Étoile la prient ardemment de ne pas faire partie de la mission qui ira dans le Mauvais voire Très Mauvais monde, ceux qui n'y croient pas se reposent sur leur chance et maudiront Madame s'ils n'en ont pas. Seule Gwen mastique paisiblement un bout de gras dans un coin de la cantine. Elle sait que si la rumeur est avérée, elle en sera. Le titre de Sivir comporte bien des avantages, mais fait aussi de son détenteur le parfait chef d'équipe pour la mission la plus dangereuse. Alors la mondeuse mange tranquillement, sans songer que peut-être que c'est l'un de ses derniers repas, ignorant les regards compatissants de ses camarades. Piu l'observe à la dérobée. Comme ils partagent toujours tout, il n'a pas faim pour elle.

Gwen se répète mentalement les commandements des mondeurs pour se donner du courage. Cela lui donne l'impression d'appartenir à une communauté, d'être en sécurité. Elle se sent investie d'une mission immense, celle de faire le lien entre les mondes, et elle adore son métier. Nourrie, logée, elle n'a pas besoin de faire pousser ses légumes, elle qui est si mauvaise en jardinage.

Elle se souvient parfaitement du jour où ça a commencé. Elle était encore petite, mais elle revoit les affiches partout dans sa cité : « Un Portail a enfin été découvert vers l'autre monde après des années de recherche »... s'ils avaient su à l'époque qu'il en existait des milliers ! Mais personne ne le savait, et Gwen avait développé une véritable fascination pour cette histoire qui prenait de plus en plus d'ampleur au fil des années. Enfant, elle guettait le courrier qui tombait du ciel devant sa porte et dévorait les articles relatant les découvertes de Portails. Plus grande, tandis que « découvreur » était devenu un métier, elle fit partie de la troisième génération d'étudiants à la prestigieuse académie des mondeurs.

Elle sourit en se remémorant tout cela. Aujourd'hui elle approche de la quarantaine et elle a brillamment réussi à établir un lien de paix avec pas moins de cinquante-trois mondes, ce qui reste un exploit presque jamais égalé.

Le découvreur de Madame balaie ses rêveries brutalement en hurlant, comme à son habitude. Certains mondeurs gloussent, d'autres lèvent les yeux au ciel. Le petit homme arrogant n'impressionne personne : il ne fait que voir des Portails et évaluer grossièrement leur niveau de dangerosité, eux les explorent. Il se hisse sur l'estrade et déplie une feuille de papier. Les rires cessent soudainement, le groupe attend sa sentence dans un silence de mort. Gwen cherche le regard de Piu qui la fuit toujours, ne le trouve pas.

– Mondeurs, vos missions de la semaine ordonnées par Madame.

Gwen voue une haine sans limite à cet abruti macho qui ne prend jamais la peine de dire « mondeuses » comme il est d'usage. D'ordinaire elle fait une réflexion, mais là elle ne dit rien. Sa vision est légèrement floue, ses mains tremblent malgré elle, elle sent son pouls battre furieusement dans son cou. C'est ridicule, elle sait qu'elle fera partie de cette mission dangereuse, son titre l'exige désormais, et elle reviendra victorieuse parce qu'elle n'a jamais échoué. Alors elle prend sur elle et écoute attentivement la liste des missions. Au fur et à mesure que les noms défilent, les visages se détendent. Ce ne sont que des missions simples, basiques, comme toujours, classées « Bonnes » ou « Très Bonnes ». Le découvreur marque une pause, s'éclaircit la voix, cherche ses mots – ou fait semblant de chercher ses mots.

– J'ai entendu une rumeur qui insinue qu'une mission Très Mauvaise serait en jeu. Eh bien, je suis désolé de vous annoncer que c'est effectivement le cas.

Un murmure d'effroi parcourt le groupe. Gwen avance de quelques pas, un air impénétrable sur le visage. Elle jette un coup d'œil à son ami, espérant qu'il mettra sa jalousie de côté pour venir l'encourager et lui dire au revoir, mais Piu est absorbé par le discours du découvreur.

– Les mondeurs affectés à cette mission sont Lera, Piu et Susen. Susen sera le chef.

Un temps de silence. Le découvreur ajoute, imperturbable :

– Et la dernière mission, niveau "Bonne" est confiée à notre Sivir, qui sera accompagnée des restants. Vos cartes de mission sont comme d'habitude sur la table là. Vous commencez demain. Bon courage.

Sur ces mots, il saute de l'estrade et s'en va du pas nonchalant de quelqu'un dont le seul problème est de s'assurer que son pourpoint est assorti à ses gants.

Gwen ne peut pas dormir. Elle se souvient de l'unique mission réellement dangereuse à laquelle elle a participé. Et encore, ce n'était qu'une « Mauvaise », elle n'a jamais connu personne qui ait accompli une « Très mauvaise », en fait, elle n'est même pas sûre que cette catégorie existait jusqu'à aujourd'hui. C'était il y a dix ans de cela, pourtant elle en fait encore des cauchemars. Elle revoit les créatures de l'Enfer, les plantes venimeuses, les étangs empoisonnés, et elle fulmine. Pourquoi avoir choisi Piu et pas elle ? Jusque-là ils n'avaient jamais été séparés pour les missions. Madame a-t-elle découvert leur amitié ? Ou la juge-t-elle trop vieille pour ce genre d'aventure ? Pourquoi alors l'avoir mise à la tête d'une autre équipe ?

Épuisée par ses réflexions, Gwen sombre dans un sommeil sans rêve.

On dit que l'aube à Pama est plus belle que nulle part ailleurs. Il est vrai que les astres se croisent à la perfection dans le ciel orange et que toute la forêt se pare d'animaux plus soyeux et doux les uns que les autres. La végétation, éveillée dès les premières lueurs, chatoie de mille couleurs, tandis que les étendues d'eau qui parsèment la forêt abreuvent abondamment ses habitants, grâce au parfait équilibre animal-végétal.

Mais nul mondeur ne prête attention à cette beauté au jour premier de la semaine. La clairière principale est investie par une dizaine de petits groupes qui s'affairent autour de l'estrade. Les chefs d'équipe discutent entre eux, les sourcils froncés à l'extrême sur leurs fronts soucieux. Ils ne peuvent pas s'empêcher de scruter Susen. De lourdes cernes décorent les yeux de cette dernière et Gwen est prise de pitié pour elle. Elle voudrait prendre sa place, la réconforter au moins. Au lieu de cela, Gwen cherche Piu. Elle le trouve assis sur une souche à l'écart, fixant un bout de bois visiblement passionnant. La mondeuse s'assied à côté de son ami et le dévisage tristement.

– Fais attention à toi s'il te plaît, murmure-t-elle avec difficulté.

Piu sourit amèrement.

– Je suis pas très fort pour ça. C'est toi la Sivir.

Gwen retient une réflexion cinglante. Quand il a une idée en tête… Mais avant qu'elle ait pu lui répondre avec tout le piquant qu'il mérite, Piu ajoute avec l'ombre d'un sourire :

– Je ne vais pas y arriver, c'est toujours toi qui fais tout. Tu mérites ton titre même si ça me fait mal de le dire…

Gwen ne répond rien mais presse doucement l'épaule de son ami.

– Allez, je vais m'occuper de mon équipe et puis on va y aller. À bientôt.

Elle s'enfuit avant que Piu ait pu voir les larmes dans ses yeux.

Gwen relit une dernière fois sa carte de mission. « Établir un lien cordial avec le peuple de ce monde et ramener des échantillons de la nature locale. » Elle adresse quelques mots d'encouragement à son équipe et se positionne devant le Portail.

Les Portails ne se présentent jamais de la même manière, c'est pourquoi ils sont très difficiles à trouver. En revanche, ils se concentrent en général dans les mêmes régions, et la forêt de Pama en est couverte. Ce Portail-ci se présente sous la forme d'une pierre, surveillée jour et nuit par un assistant du découvreur. Gwen ne pense à rien, il ne faut pas penser, surtout ne pas penser à la mission Très Mauvaise, ce n'est pas la peine, tout va bien se passer, et de toute façon elle est impuissante… La mondeuse pose le doigt sur le caillou.

De la glace à l'infini fait face aux quatre mondeurs. De la glace à perte de vue, seulement de la glace. Enfin c'est ce qui leur semble à première vue, avant de distinguer des volutes de fumée tourbillonnant dans le ciel à une poignée de kilomètres. Après un moment de stupeur, les explorateurs se tournent vers leur cheffe. Gwen n'a pas l'habitude de ce genre de monde gelé, pourtant elle doit décider. Elle fait quelques pas sur la glace afin de tester sa solidité, marque l'emplacement du Portail et s'élance vers la fumée. Ses coéquipiers ne marquent pas une seconde d'hésitation avant de lui emboîter le pas.

Le froid a tôt fait de gercer les lèvres des mondeurs accoutumées à la douceur tempérée de Pama. Ils ne s'en plaignent pas pourtant, ils songent au délicieux ragoût que les cuisiniers de Madame préparent à ceux qui reviennent des expéditions les plus froides. Gwen marche loin devant les autres. Elle ne veut pas discuter, elle n'a pas la tête à un ragoût, aussi goûteux soit-il. Elle pense à Piu en serrant ses bras contre elle. Elle sait exactement ce qu'elle doit faire, elle sait toujours ce qu'elle doit faire, c'est en partie pour cela qu'elle est cheffe. Elle va mener cette mission à la réussite, rentrer à Pama et retrouver Piu qui sera sain et sauf. La fumée se rapproche.

Il s'agit d'un village. Un tout petit village constitué de neuf huttes en peau d'animal encerclant un immense feu de camp. Gwen, qui a pris l'habitude de tout analyser dans ses expéditions, note mentalement les longs poils orangés qui recouvrent les peaux tendues, appartenant visiblement à un animal étranger à Pama.

– Bonjour ! lance Célyan, le négociateur du groupe.

Pas de réponse. Les mondeurs avancent prudemment entre les huttes, quand l'une d'entre eux s'exclame :

– Regardez la fumée !

Celle-ci a en effet changé d'apparence, prenant les contours d'un animal menaçant, quelque chose entre le tigre et l'ours, quoi que ce soit ça se précipite sur la petite troupe. Gwen sourit. Elle est accoutumée à ce genre de petits sortilèges, c'est un tour duquel elle a été victime dans plusieurs mondes. Alors que ses compagnons se replient suivant une technique particulière de défense apprise lors de leur formation, Gwen attend que l'animal de fumée soit à sa hauteur et le dissout d'un mouvement du bras. Elle rit devant l'air stupéfait de ses compagnons, et se dit que tout compte fait elle va peut-être bien s'amuser avec cette mission. Pourtant, malgré sa vivacité et son expérience, la mondeuse n'a pas plus que les autres aperçu la femme qui les observe, depuis l'intérieur de sa hutte.

Le froid ne parvient pas à s'insinuer entre les peaux des huttes, et une douce température règne à l'intérieur. Les mondeurs sont assis en tailleur sur des nattes. Ils sirotent une boisson inconnue mais agréable qui réchauffe aisément leurs corps. La femme qui les observait coupe de longues tiges brunes. Gwen trempe ses lèvres dans le liquide brûlant tout en surveillant leur hôte du coin de l'œil.

– D'où viennent ces herbes, elles poussent dans un froid pareil ? demande l'un de ses compagnons afin de briser la glace.

La femme répond dans sa langue. Un petit sourire se dessine sur les lèvres de la mondeuse traductrice. Elle ne connaît pas le langage de la femme, cela signifie qu'ils ont trouvé une nouvelle civilisation. Gwen, quant à elle, s'impatiente. Elle n'est pas venue là pour boire un thé, aussi réconfortant soit-il ! Elle se saisit du calepin et d'un morceau de charbon dans son sac et dessine pour se faire comprendre de l'inconnue. Toutes deux communiquent ainsi fastidieusement mais Gwen finit par en déduire qu'une plus grande ville se situe au Nord.

Les mondeurs se mettent en route sans perdre de temps. Et en effet, après quelques heures de marche, des centaines de huttes se dessinent dans le lointain. Ils y parviennent, épuisés, alors que le soleil est encore haut dans le ciel. Tandis que ses coéquipiers ne rêvent que d'un bon lit, Gwen se laisse fasciner par toutes les différences que présente ce monde par rapport au sien, comme le fait qu'il semble ne jamais faire nuit.

Les mondeurs circulent timidement entre les huttes. C'est une véritable ville faite de huttes, avec son apothicaire, son médecin, sa bibliothèque, qui s'étend sous leurs yeux.

Alors que le petit groupe progresse lentement en essayant de déchiffrer les caractères étrangers sur les pancartes à l'entrée des habitations, un homme les aborde avec un grand sourire. Les mondeurs ne parlent pas sa langue, pourtant ils comprennent immédiatement qu'ils sont les bienvenus dans la cité. Légèrement rassurée, Gwen affiche un air serein destiné à tranquilliser ses coéquipiers et note au charbon dans son calepin : « Accueil chaleureux, fin de la mission estimée à deux jours pamaiens ».

Elle se force à boire à nouveau de la boisson étrange tandis que l'homme, heureux d'avoir de la visite, s'obstine à les présenter à toute la ville.

Dans quelques jours, quelques heures, elle retrouvera Piu.

Un colibri est perché sur le rebord de la fenêtre. Il épie Gwen d'un œil suspicieux, comme pour lui dire « Pourquoi restes-tu seule ? Ne vas-tu pas fêter ta gloire avec tes amis ? ». Il est peu probable qu'un oiseau ait pensé cela, mais c'est ce que Gwen imagine. Elle le chasse d'un geste rageur en criant :

– Je n'ai qu'un seul ami, et il est coincé je ne sais pas où !

Puis elle laisse tomber le livre qu'elle a entre les mains – elle relisait la même phrase en boucle – et pose sa tête contre ses genoux. Les mondeurs ne pleurent pas. Les mondeurs sont forts et ne se laissent pas abattre. Gwen fond en larmes, de gros sanglots secouent ses épaules robustes mais sont vite interrompus par des coups frappés à la porte de sa cabane.

Sans attendre la réponse, le petit découvreur de Madame surgit dans la pièce, se dandinant sur ses courtes jambes alors que Gwen tente de dissimuler les sillons salés sur ses joues.

– Gwen ! hurle-t-il d'un ton impérieux. Je dois vous parler.

– Je me doute, grince la Sivir entre ses dents, avant d'offrir une chaise à l'homme, bon gré mal gré.

– Merci mon enfant, vous êtes délicieuse, susurre le découvreur en s'affaissant sur le siège.

Gwen a sûrement dix ans de plus que lui mais elle ne préfère pas relever. Elle est, malgré elle, impatiente de connaître la raison d'une entrée aussi fracassante.

– Je vais être bref. Piu (le cœur de Gwen fait un bond dans sa poitrine) a envoyé une missive ce matin informant que Susen a succombé à la mission qui lui avait été confiée. Ce n'est pas grave, ce qui est plus embêtant c'est qu'il manque désormais une cheffe d'équipe, et je veux que ce soit vous, notre Sivir, même si Madame avait préféré ne pas vous confier cette mission au départ en raison de vos liens avec Piu. Cependant, je continue de penser que vous êtes la mieux qualifiée pour ceci. Bien entendu, c'est une proposition déguisée, vos affaires sont déjà prêtes, vous partez cet après-midi.

Gwen reste un instant interdite, seuls ses yeux s'agitent en signe d'affolement. Elle ne pensait pas pouvoir ressentir autant de sentiments différents dans le même instant. La joie, tout d'abord, de savoir son ami en vie, la tristesse et la colère qu'une femme soit décédée dans l'indifférence générale, et puis la peur. Elle ne connaissait que très peu Susen, pourtant elle sait que c'était une femme de caractère, rompue à la défense physique et très bonne négociatrice. Une femme invincible, qui avait été vaincue. Et Gwen devait prendre sa place. Allait prendre sa place. Peut-être y avait-il un autre moyen ? Elle pouvait demander à abandonner la mission. Bien sûr, les mondeurs en ont le droit, mais ils sont dès lors dépossédés de leurs fonctions. Et Gwen ne peut pas imaginer sa vie autrement qu'en explorant d'autres univers.

– Je ne saisis pas bien… parvient-elle enfin à articuler.

– Je serai ravi de vous éclairer ! s'exclame le découvreur d'un ton enjoué qui fait frissonner Gwen.

– Qu'est-ce qu'il y a de si terrible dans ce monde ?

La couleur quitte brusquement le visage du découvreur, en même temps que son faux sourire.

– De ce que Piu raconte dans sa lettre, tout.

– C'est-à-dire ? insiste la mondeuse.

– C'est-à-dire que vous ne vous plaindrez plus jamais de votre vie à Pama, mon enfant. Ce monde-là est terrible, des hommes y meurent tous les jours, dévorés par des forces obscures que nous avons du mal à comprendre. Ce n'est même pas la peine de chercher à établir une quelconque paix avec eux, ils sont en perpétuel conflit avec la nature. Ils lancent des sortilèges avec des sortes de baguettes magiques aux autres pour diriger et font des compétitions pour savoir qui a construit la plus grande cabane.

Gwen garde le silence. Cela semble être un monde où la magie est prédominante. Elle a déjà eu affaire à ce genre de cas. Elle s'y connaît bien.

Un peu rassurée, elle congédie le découvreur et part faire ses adieux à son équipe.

Gwen considère le Portail, hésitante. Elle replace son sac sur son épaule en grognant, puis pose le doigt sur le rondin de bois.

Elle se retrouve instantanément au milieu d'un grand boulevard. Des hommes et des femmes la bousculent. Elle ne reconnaît rien. Les lumières qui viennent de partout l'assaillent. Une main lui attrape le bras et la tire à l'écart de la foule.

Piu dévisage son amie avec un sourire bienveillant face à son air perdu. Cette dernière, après un instant de stupeur, se loge dans ses bras. Elle préfère ignorer les traits tirés et les rides qu'elle distingue sur le visage du mondeur. On dirait qu'il a pris dix ans en cinq jours.

– Tu m'as manqué, ose-t-il chuchoter dans son oreille.

Gwen réplique d'un air moqueur :

– Tu n'es plus jaloux ?

– Si.

Ils se sourient, mais Piu ne tarde pas à recouvrer le visage triste qu'il arbore depuis le début de l'expédition.

– C'est ça qui est si terrible ? Des gens qui marchent vite ? ironise Gwen.

Piu soupire. Comment décrire à son amie ce qu'il a vécu ces derniers jours ? Elle le devance :

– Le découvreur m'a raconté que c'était un monde de magie noire, si j'ai bien compris. Il a parlé de forces obscures, de conflit avec la nature et de compétitions. Et de baguettes magiques, mais ça je crois que ça n'existe que dans son imagination.

Le mondeur ne sait plus s'il doit rire ou pleurer. Alors il répond du mieux qu'il peut :

– Il n'y a ici aucune magie que tu connaisses, ma Sivir. Les forces obscures dont parle le découvreur sont sûrement ce qu'ils appellent « l'argent et le pouvoir », qui sont la cause de bien des catastrophes. Quant aux conflits avec la nature, il n'y a qu'à voir cette chose grise sur laquelle les gens d'ici marchent, qui recouvre le sol et étouffe les plantes. Oh et pour les compétitions, il doit faire référence à la haine qui anime les humains ici, qui n'ont pas appris à partager mais préfèrent se battre pour avoir des choses. Se battre avec des armes, des objets horribles inventés par quelqu'un de fou à mon avis, uniquement pour tuer. C'est peut-être ça, les baguettes magiques.

– Tuer des animaux ?
– Oui. Et d'autres humains, aussi.

Gwen se laisse tomber au milieu de la rue. Quelque chose colle à son pantalon. Un chewing-gum. Elle souffle. Piu la regarde avec douceur, lui tend la main pour la relever.

– Bienvenue à Terre.

REMERCIEMENTS

La Passoire serait restée un bol sans trous sans l'aide de mon Papy, autoproclamé « lecteur privé non rémunéré ». Merci Papy, de croire en mes rêves et de me donner la possibilité de les réaliser.

Merci Rose, ma toute première lectrice, ma grande petite sœur, la première à avoir versé une larme en me lisant. Il y a un peu de toi dans tous mes personnages.

Merci mes parents-éditeurs : Maman, pour ton aide sur tous les fronts, toujours avec le sourire, et Papa, d'avoir relevé mes incohérences comme un pro. Sans vous, je n'en serais pas là (je ne serais pas là tout court, en fait).

Merci Nanie, Manou, Panou, Tatie Pat, Zozo, Flo, Julie, Guillaume, et toute la famille, pour votre amour. Vive vous.

Merci Anto, de dire que je suis ton « écrivaine préférée » (et pour les pages blanches).

Merci Lanouille, Lulu, Omit (et son adorable famille), Babi, Clem, Daminou, Mona, Loulou et tous les autres de n'avoir jamais douté de moi. Jamais.

Merci mesdames Karine, Laure, Julia, Sandra, Agnès, Sandrine, Camille, merci messieurs Thibaut et Julien. Je me permets de vous appeler par vos prénoms au cas où vous seriez gênés par la célébrité…

Merci Elise de la librairie (et son copain éditeur pour les conseils de couverture), Isabelle des éditions Encre Sympathique, et toutes ces femmes du monde des livres qui m'ont encouragée et aidée.

Merci Manon F., Cécile D., Georges F., d'avoir pris un peu de votre précieux temps d'écrivains pour me prodiguer des conseils en or.

Merci Pierre Bottero, de m'avoir fait faire ce *pas sur le côté* de l'écriture.

Merci à tous ceux qui ont croisé ma route un jour, vous avez sûrement, sans le savoir, nourri mon univers.

Ne vous vexez pas si vous n'êtes pas sur la liste, je ne peux pas mettre tout le monde, mais je vous aime ;)

L'AUTEURE

Pepita Carles est née en 2006 à Pertuis. Elle prépare actuellement une licence de Lettres à la faculté d'Aix-en-Provence. Le reste du temps, elle donne des ateliers d'écriture, participe à des concours de nouvelles et tente d'achever un de ses nombreux projets littéraires encore et toujours au stade de l'idée.

Suivez ses actualités :
Site internet : www.pepitacarles.com
Instagram : @pepita_carles_auteure

Dépôt légal : février 2025
© Pepita Carles, 2025
Édition : BoD · Books on Demand, 31 avenue Saint-Rémy,
57600 Forbach, bod@bod.fr
Impression : Libri Plureos GmbH, Friedensallee 273,
22763 Hamburg (Allemagne)
ISBN : 978-2-3225-5943-5